Vente du Vendredi 4 Déc

PORCELAINES

DE LA CHINE ET DU JAPON

ÉMAUX CLOISONNÉS

LAQUES. — MATIÈRES PRÉCIEUSES

EXPOSITIONS

PARTICULIÈRE : *Le Mercredi 2 Décembre 1868*
PUBLIQUE : *Le Jeudi 3 Décembre 1868*

Mᵉ CHARLES PILLET,
COMMISSAIRE-PRISEUR

M. CH. MANNHEIM,
EXPERT

1868

CATALOGUE

D'une Réunion remarquable

D'ANCIENNES

PORCELAINES

DE LA CHINE & DU JAPON

MONTÉES ET NON MONTÉES

Grands Vases, Potiches, Garnitures de cinq pièces;
Grand Bol; Pièces d'échantillon, dont deux petits Vases à fond rose;
Vases et Bouteilles garnis de bronzes dorés du temps de Louis XV;

BEAUX ÉMAUX CLOISONNÉS

Vases, Brûle-Parfums, Brazeros, Flambeaux;
Matières précieuses; Laques;
Objets variés.

DONT LA VENTE AURA LIEU

HOTEL DROUOT, Salle N° 8

Le Vendredi 4 Décembre 1868

A DEUX HEURES

Par le ministère de M⁹ **CHARLES PILLET**, Commissaire-Priseur,
10, rue Grange-Batelière,

Assisté de **M. Charles MANNHEIM**, Expert, rue Saint-Georges, 7.

Chez lesquels se distribue le présent Catalogue.

EXPOSITIONS
{ *PARTICULIÈRE* : le Mercredi 2 Décembre 1868.
{ *PUBLIQUE* : le Jeudi 3 Décembre 1868.

DE UNE HEURE A CINQ HEURES.

CONDITIONS DE LA VENTE

Elle sera faite au comptant.

Les acquéreurs payeront *cinq pour cent* en sus des adjudications.

L'exposition mettant le public à même de se rendre compte de l'état des objets, il ne sera admis aucune réclamation une fois l'adjudication prononcée.

675. — Paris. imp. de PILLET fils aîné. rue des Grands-Augustins, 5.

DÉSIGNATION DES OBJETS

Porcelaines
de Chine et du Japon
non montées

1 — Deux grandes et très-belles potiches à couvercles, en ancienne porcelaine de Chine, entièrement couvertes de riches décors émaillés de couleurs variées.

La panse offre des arbustes, des fleurs, ainsi que des oiseaux. Dans le haut, des lambrequins élégants offrent des fleurs de couleurs qui se détachent sur un fond d'émail rose, rehaussé d'arabesques vertes.

Les couvercles sont surmontés de chimères assises et dorées.

Ces vases reposent sur des socles élevés, à quatre pieds en bois sculpté.

Haut. des vases, 85 cent.

Haut. des socles, 62 cent.

2 — Garniture de cinq beaux vases, potiches et cornets, modèle à pans, en ancienne porcelaine de Chine, de belle qualité. Ces vases sont décorés de médaillons de paysages

et de fleurs émaillés en couleurs. Les entre-deux émaillés
vert foncé sont relevés par des fleurs polychromes.

Haut. des potiches avec couvercles, 70 cent.

Haut. des cornets, 52 cent.

3 — Trois grands et beaux vases, forme dite *lisbet*, en ancienne porcelaine du Japon, de très-belle qualité.

Ils sont décorés de médaillons de formes variées, offrant
des paysages, des arbustes et des fleurs polychromes. Le
fond bleu est rehaussé de feuillages dorés.

Haut., 65 cent.

4 — Deux très-grands et beaux vases avec couvercles, en
ancienne porcelaine du Japon, modèle balustre, décorés
de paysages et d'ornements en camaïeu bleu. Sur socles
en bois sculpté.

Haut. sans les socles, 1 m. 44 cent.

5 — Deux jolis vases en forme de balustre hexagone, en
ancienne porcelaine de Chine, décorés de médaillons de
paysages avec figures émaillés en couleurs et fond vermi-
cellé d'or. Les couvercles sont surmontés de chimères
assises. Belle qualité.

Haut., 54 cent.

6 — Vase modèle balustre, en porcelaine de Chine, fond
rouge brique, rehaussé d'arabesques d'or et décoré de
deux médaillons paysages avec figures, finement émaillés
en couleurs.

Haut., 50 cent.

7 — Vase de forme cylindrique, en porcelaine de Chine,
décoré de dragons chimériques se jouant dans les flots de

la mer ; le tout émaillé en jaune, violet et vert. Pièce curieuse.

Haut.. 38 cent.

8 — Vase de même forme que celui qui précède, décoré de rochers et d'arbustes en couleurs, et d'un cerf en camaïeu bleu.

Haut., 38 cent.

9 — Vase modèle bouteille, en grès brun, décoré de sujets guerriers dans un paysage et d'ornements. Ce décor se détache en émaux de couleurs sur le fond brun et rappelle par sa facture les émaux peints de la Chine.

Haut., 44 cent.

10 — Deux grands flambeaux en porcelaine de Chine, à fleurs et ornements polychromes sur fond émaillé bleu clair. Ces deux pièces diffèrent de hauteur.

11 — Deux belles figures de femmes debout, en ancienne porcelaine de Chine ; elles sont vêtues de riches costumes couverts de fleurs et d'ornements émaillés en couleurs.

Haut., 50 cent.

12 — Deux cornets en ancienne porcelaine du Japon, décor polychrome, à médaillons renfermant des chimères, fleurs et ornements.

Haut., 43 cent.

13 — Vase forme balustre en porcelaine de Chine émaillée rouge haricot.

Haut., 32 cent.

14 — Grand et beau bol en ancienne porcelaine de Chine, décoré de sujets familiers dans des paysages finement émaillés en couleurs et fond filigrané d'or, et orné de médaillons en camaïeu représentant des sites agrestes. Belle qualité.

Diam., 40 cent.

15 — Garniture de trois jolis vases en ancienne porcelaine mince de la Chine, décorés de médaillons renfermant des sujets familiers et autres, tirés de la mythologie chinoise, finement émaillés en couleurs. Le fond est entièrement couvert de branches de fleurs en relief à décor polychrome rehaussé d'or Qualité rare.

Haut., 27 et 23 cent.

16 — Joli cornet à panse renflée en ancien céladon bleu turquoise.

Haut., 21 cent.

17 — Deux perroquets sur rochers, en ancienne porcelaine de Chine, émaillés rouge, et rochers jaspés de bleu et de vert.

Haut., 28 cent.

18 — Deux jolis vases de forme cylindrique, en ancienne porcelaine de Chine, décorés de dragons et d'ornements en camaïeu bleu. Belle qualité.

Haut., 25 cent.

19 — Deux vases, modèle balustre en céladon vert d'eau, à anses et ornements saillants émaillés brun.

Haut., 99 cent.

20 — Deux jolis présentoirs avec couvercles et plateau.

modèle à côtes, en ancienne porcelaine de Chine, décor
polychrome à fleurs, oiseaux et ornements rehaussés
d'or.

21 — Deux potiches à couvercles, en ancienne porcelaine de
Chine émaillée noir, et décorées de fleurs et d'ornements
en or. Sur socles en bois doré.

Haut. sans socles, 45 cent.

22 — Joli vase modèle balustre, en ancienne porcelaine de
Chine, émaillé bleu uni et couvert de riches décors d'or
de style européen.

Haut., 40 cent.

23 — Bouteille en porcelaine de Chine, émaillée bleu uni.

Haut., 35 cent.

24 — Garniture de cinq pièces, vases et cornets, en ancienne
porcelaine de Chine, décorés de fleurs et d'ornements
émaillés en couleurs.

Haut., 32 cent.

25 — Vase forme balustre carré, en ancienne porcelaine de
Chine, décor polychrome à médaillons de paysages et fond
couvert de rosaces. Les anses ont été coupées.

Haut., 28 cent.

26 — Deux flacons, forme carrée, en ancienne porcelaine du
Japon, décor polychrome à fleurs.

Haut., 24 cent.

27 — Garniture de cinq vases en porcelaine de Chine, à fond.

chagriné, réservé en blanc et rehaussé de fleurs en relief,
décorées en couleurs. Ils offrent sur chacune de leurs
faces des médaillons de paysages avec figures.

Haut., 28 cent.

28 — Garniture analogue à celle qui précède, mais un peu
plus petite.

Haut., 25 cent.

29 — Petit vase, modèle balustre, à anses têtes chimériques,
en porcelaine de Chine, décoré de sujets de personnages,
et fond couvert de rosaces, le tout émaillé en couleurs.

Haut., 23 cent.

30 — Pitong en forme de tronc d'arbre, avec dragon en relief, en porcelaine de Chine, émaillée bleu soufflé.

Haut., 17 cent.

31 — Vase, modèle balustre carré, à angles coupés, en porcelaine de Chine, craquelée gris.

Haut., 28 cent.

32 — Brûle-parfums, de forme surbaissée, en porcelaine de
Chine, émaillée brun clair et craquelée.

Diam., 11 cent.

33 — Petit vase, forme bouteille, en porcelaine de Chine,
émaillée rouge haricot.

Haut., 20 cent.

34 — Petit vase, forme gourde, en porcelaine de Chine, émaillée rouge haricot. Belle nuance.

Haut., 15 cent.

35 — Petite bouteille en céladon bleu turquoise.

Haut., 13 cent.

36 — Petite gourde, de forme aplatie, à deux petites anses en céladon gris craquelé.

Haut., 16 cent.

37 — Vase, modèle balustre, en porcelaine de Chine, décor polychrome à ornements, emblèmes, etc.

Haut., 28 cent.

38 — Vase, modèle balustre carré, à deux anses, en porcelaine de Chine, craquelée gris clair.

Haut., 32 cent.

39 — Assiette en ancienne porcelaine mince de la Chine, décorée d'un sujet de pêche au centre, et de fruits et de fleurs au bord, le tout émaillé en couleurs. Le bord extérieur est émaillé pourpre.

Diam., 24 cent.

40 — Assiette analogue à celle qui précède; celle-ci est aussi décorée d'un sujet de pêche au centre, et le bord présente des fruits et des oiseaux. Le bord extérieur est pourpre.

Diam., 21 cent.

41 — Deux assiettes creuses en ancienne porcelaine mince

de la Chine, décorées au centre d'un site agreste traversé par des cours d'eau, et au bord de fleurs et d'ornements, le tout émaillé de couleurs variées. A l'extérieur le bord est émaillé pourpre.

Diam., 21 cent.

42 — Coupe ronde et évasée en céladon bleu turquoise truité.

Diam., 18 cent.

43 — Coupe ronde en porcelaine de Chine, décorée de médaillons de fleurs en couleurs et fond émaillé gris perle gravé au trait, rehaussé de fleurs et d'ornements émaillés en couleurs. L'intérieur offre des fleurs en camaïeu bleu.

Diam., 15 cent.

44 — Petite coupe ronde en porcelaine de Chine, décorée de fleurs polychromes, sur fond émaillé carmin. Pièce curieuse.

Diam., 13 cent.

45 — Deux coupes rondes en porcelaine de Chine, décorées de dragons, d'oiseaux et d'ornements émaillés en couleurs.

Diam., 16 cent.

46 — Petit bassin rond en céladon vert d'eau, décoré de chimères, de crabes et de plantes aquatiques en bleu et rouge de cuivre.

Diam., 29 cent.

47 — Six assiettes et compotiers variés de forme et de décor.

48 — Brûle-parfums, forme fruit, en terre émaillée jaune. La tige du fruit tient lieu de goulot.

Porcelaines montées

49 — Grand et beau vase, modèle bouteille à long col, en ancienne porcelaine de Chine, décorée de dragons chimériques se jouant dans les vagues de la mer, en camaïeu bleu rehaussé de rouge de cuivre. Il est garni d'un socle, d'une gorge et de deux anses formées de têtes d'animaux soutenant des draperies ; le tout en bronze ciselé et doré de l'époque Louis XV. Pièce rare.

Haut., 65 cent.

50 — Garniture de trois vases dont un de forme surbaissée à couvercle, en ancienne porcelaine de Chine, émaillée bleu uni. Ils sont richement garnis de montures à anses, gorges et socles rocaille en bronze doré de style Louis XV.

Haut., 50 et 55 cent.

51 — Vase de forme cylindrique à gorge rétrécie et à anses têtes chimériques et anneaux saillants, en céladon vert d'eau à fleurs et insectes émaillés blanc. Socle et gorge en bronze doré au mat.

Haut., 45 cent.

52 — Deux jolis petits vases, forme bouteille, en ancienne porcelaine de Chine *fond rose* et à sujets familiers réservés et émaillés en couleurs. Ces vases sont montés en aiguières en bronze doré au mat. Qualité rare.

Haut., 23 cent.

53 — Grande et belle fontaine formée d'un vase cylindrique en ancienne porcelaine de Chine, fond bleu lapis, rehaussé de fleurs, d'insectes et d'arabesques d'or, et à médaillons d'oiseaux et arbustes décorés en émaux de la famille verte. Monture en bronze ciselé et doré de style Louis XVI.

Haut., 49 cent.

54 — Deux petits vases forme bouteille en ancienne porcelaine de Chine, fond bleu lapis rehaussé d'or, et médaillons de fleurs et attributs décorés en émaux de la famille verte. Socles et gorges en bronze doré au mat.

Haut., 21 cent.

55 — Deux sucriers de forme cylindrique avec couvercle, en ancienne porcelaine du Japon à décor d'ornements en camaïeu bleu. Monture en cuivre doré du temps de Louis XIV.

Haut., 21 cent.

56 — Brûle-parfums formé d'un animal fantastique, en ancien céladon vert d'eau. Monture rocaille en bronze ciselé et doré.

Émaux cloisonnés

57 — Grand et beau vase à couvercle, modèle balustre, à grosse panse en émail cloisonné à animaux chimériques et ornements de couleurs et fonds variés. Il est enrichi d'arêtes et de bossettes saillantes en bronze ciselé et doré, et il est garni de deux anses en émail cloisonné avec têtes de dragons en bronze doré.

Haut., 58 cent.

58 — Deux grands et beaux brazeros ou brûle-parfums en émail cloisonné de la Chine, à fleurs et ornements en couleurs sur fond bleu turquoise.

Ils sont formés chacun d'un large bassin rond et profond à bords plats et découpés, qui repose sur trois pieds formés de têtes d'éléphants. Au-dessus du bassin règne une frise réservée en cuivre à grecque découpée entre deux bandes d'émail cloisonné.

Le couvercle dômé est composé de dragons chimériques en cuivre rouge repoussé et réservé à jour, ainsi que d'un bord et d'un large bouton en émail cloisonné.

Socles à trépied en bois sculpté.

Haut. sans socles, 65 cent.; diam., 65 cent.

59 — Brûle-parfums en forme de chimère debout, en émail cloisonné à ornements sur fond bleu turquoise; le col de l'animal est émaillé vert et sa tête est réservée en bleu clair.

Haut., 55 cent.

60 — Grand vase modèle balustre à grosse panse et à deux anses formées d'anneaux mouvants. Il est décoré de dragons et d'ornements émaillés en couleurs sur fond bleu turquoise.

Haut., 52 cent.

61 — Vase modèle balustre carré en émail cloisonné à fleurs et ornements en couleurs sur fond bleu turquoise. Les anses en bronze doré sont formées de têtes chimériques et d'anneaux mouvants. Socle en bois de fer.

Haut., 39 cent.

62 — Deux vases porte-bouquets à panse sphéroïdale garnie de cinq goulots droits, l'un d'eux dépassant les quatre autres, en émail cloisonné de la Chine décoré de fleurs et d'arabesques en couleurs sur fond rouge.

Haut., 57 cent.

63 — Joli vase modèle balustre carré et aplati, décoré de

fleurs et d'ornements émaillés en couleurs sur fond bleu turquoise et bandes bleu foncé. Chacun de ses côtés est orné d'une tête chimérique saillante en bronze doré, garnie d'un anneau mobile. Socle en bois de fer.

Haut., 24 cent.

64 — Vase modèle balustre à deux anses garnies d'anneaux, en émail cloisonné, à fleurs et ornements de couleurs sur fond bleu turquoise.

Haut., 29 cent.

65 — Deux grands flambeaux de forme carrée, garnis de larges plateaux en émail cloisonné, décorés d'ornements, de fleurs et d'attributs divers en couleurs sur fond bleu turquoise et ornements réservés en bronze.

Haut., 46 cent.

66 — Brûle-parfums en forme de canard en émail cloisonné, sur pattes et socle en bronze doré.

Haut., 24 cent.

67 — Boîte de forme hexagone à angles rentrants en émail cloisonné à ornements sur fond bleu turquoise. Le couvercle est en cuivre gravé.

Diam., 11 cent.

68 — Très-petit vase de forme oblongue en émail cloisonné à ornements sur fond bleu. Socle en bois de fer.

Haut., 8 cent.

69 — Petit vase de forme conique en émail cloisonné du Japon à ornements variés sur fond vert d'eau.

Haut., 15 cent.

70 — Vase en émail de Chine, modèle balustre à huit pans,

dont la panse repercée à jour offre des paysages avec figures. Le pied et la gorge sont décorés sur fond janne. A
l'intérieur est rapporté un cylindre en émail peint de la
Chine offrant au pourtour des paysages avec figures cos-
tumées à l'européenne.

Haut., 40 cent.

Objets variés

71 — Deux brûle-parfums de forme sphérique en laque
rouge du Japon, à médaillons portant des armoiries en
or. Ils sont montés sur trépieds, et garnis de galeries et
de boutons en bronze finement ciselé et doré du temps
de Louis XVI.

Haut., 27 cent.

72 — Brûle-parfums en bronze de forme sphérique, reposant
sur trois pieds droits, et enrichi d'incrustations d'or et
d'argent. Couvercle en bois de fer.

Haut., 19 cent.

73 — Brûle-parfums de même forme ; il offre en relief des
branches de vigne et des écureuils. Socle en bois de fer.

Haut., 27 cent.

74 — Pitong formé d'un tronc d'arbre en agate à couches
blanches et rougés alternées. Socle en bois de fer.

Haut., 8 cent.

75 — Brûle-parfums en jade gris verdâtre, à deux anses
prises dans la masse et à couvercle surmonté d'un groupe
de dragons repercés à jour.

76 — Coupe en forme de fruit en jade vert clair, avec branchages et boutons gravés, repercés à jour et pris dans la masse.

77-79 — Trois petites coupes en agate orientale. Elle seront vendues séparément.

80 — Deux pitongs, porte-allumettes, en ivoire sculpté et laqué, à oiseaux et arbustes en relief; sur socle en laque noir et or.

81 — Deux petites boîtes rondes et plates en laque d'or du Japon, décorées de fleurs et d'oiseaux.

82 — Deux jolies boîtes forme éventail, avec plateaux; boîtes à l'intérieur et table-support en ancien laque du Japon à décor d'or sur fond noir.

83 — Deux très-petits meubles-étagères à tiroirs, en ancien laque du Japon, à décor d'or sur fond noir.

84 — Boîte à thé en laque noir, avec flacon en étain laqué à l'intérieur.

85 — Diverses pièces en laque seront vendues sous ce numéro.

86 — Groupe de deux figures en ivoire sculpté. Travail japonais,

87 — On vendra sous ce numéro les objets omis.